Traducción: Diego de los Santos

Título original: *Les lions ne mangent pas de croquettes*
© Éditions du Seuil, 2012
© De esta edición: Grupo Editorial Luis Vives, 2014

Edelvives Talleres Gráficos. Certificado ISO 9001
Impreso en Zaragoza, España

ISBN: 978-84-263-9176-6
Depósito legal: Z 223-2014

Los leones no comen pienso

André Bouchard

EDELVIVES

-¡Ni un perro, ni un gato!
-dijeron papá y mamá.

Como Clementina
es una niña muy obediente,
volvió a casa con un león.

Al salir de la bañera, la mamá de Clementina
decidió repentinamente irse de viaje
sin saludar siquiera al león.

Clementina saca cada día al león
para que haga sus necesidades.

No es fácil enseñar a un león
a que haga sus cosas en la calle.
Como gato grande que es, él prefiere
un buen cajón de arena.

Después de afilarse bien las uñas
en los árboles y en los semáforos,
aprovecha para hacer algo de ejercicio.

No vale la pena gastarse el dinero
en comprar latas o pienso;
el león se alimenta solito.

Él mismo hace la compra en la carnicería.

El carnicero, un hombre muy valiente,
deja que se sirva sin pedirle ni un céntimo.

Igual que el carnicero,
los vecinos del barrio
se portan genial con el león.

Cuando sube al autobús,
todos le ofrecen su sitio.

Cada mañana, los transeúntes
juegan un ratito con él.

Y, mientras, se olvidan
de sus problemas y del trabajo.

Pero el león no se pasa todo el día jugando.
Entre otras cosas, le encanta la música.

También tiene muchas responsabilidades;
debe respetar el estricto protocolo real.

Como rey de los animales,
los buenos modales le obligan
a saludar al rey del país
en el que se encuentra.

WELCOME

Y, sobre todo, jamás se olvida
de visitar al papá de Clementina,
que está recuperándose en el hospital
desde el día en que le pisó la cola.

Al padre de Clementina le conmueve
que el león no esté enfadado con él
por lo de su cola.

El león se lo pasa de miedo
con los amigos de Clementina.

Pero cada vez que juegan al escondite,
desaparece un niño.

Las mamás y papás de los desaparecidos
fueron a casa de Clementina
con la esperanza
de encontrar allí a sus hijos.

Como un buen psicólogo, el león supo
acabar con sus preocupaciones.

Primero, los amigos, y ahora se esfuma
todo el mundo. ¡Pero qué manía!
Así no hay manera de jugar juntos
al escondite.

Por eso, Clementina y el león
deciden jugar ellos dos solos.

Después de encontrar a Clementina,
el león se ha ganado una buena merienda.

Y Clementina acaba el día
con todos sus amigos.
¡Qué alegría volver a verlos!

-Y colorín colorado...
¿Os ha gustado el cuento, niños?
-Sí. Menos el final, que es triste.
-Sí, ¡pobre niña!
-Qué va, a mí el que me da pena
es el león.
-¿Por qué?
-¡Porque ya solo puede
comer pienso!